日本小倉百人一首和歌中譯詩

何季仲　譯

鴻儒堂出版社

何譯百人一首和歌序

梁　漢

考諸信史，中國與日本關係開始於東漢時代，日本使節來至中土。光武帝給予封賜，嗣第三世紀初，日本攻伐三韓，遣使朝貢中國，大唐二百年間，日本遣使奉貢或派留學生、僧侶來唐者，先後凡十五次。若輩歸國後，竭力主張摹倣唐朝，遂開大化革新之局。日本字母，亦於是時制定，係取漢字偏旁而成，完全成爲接受中國文化的國家。今覽定家所選「百人一首」和歌，以天智天皇所作列爲起首。按中國詩史，時值初唐，詩學進入嶄新領域，當時中日兩國文化交流雖缺詳細記載，但詩歌交往之影響，則想當然耳。百人一首和歌多選自「古今集」，「拾遺集」，「金葉集」，紀年自延喜至元久，（相當我唐初迄南宋），作者如柿本人麿，山部赤人，猿丸大夫等名家。有皇室，有元老，有布衣，有將軍，有高僧，有才女，歌意則以抒情爲多，表現一時代一地方之民情風俗。入選者，半屬名家，亦有生前未享盛名而歌意特爲後人欣賞，此見取捨雖廣，採錄必精，宜其流傳久遠，如我國唐詩三百首，千家詩之類，爲家戶喻曉之讀本。百家詩經何君季仲迻譯成中文，歌意一律以七絕出之。

嚴復嘗謂譯筆必求其信達而雅，譯文不易，譯詩猶難。蓋詩爲文學之精品，有意在言內，必須體會得之，有意在言外，必須想像識之，非文字推敲，可盡其能事。況兩國之國情民情不同，表達方式亦異；雖萬古詩心共一源，總難期於作者本意之流露爲眞也。然何譯之詩，力求其融會，此於今日中日文化交流，將有莫大裨益。

解說

「小倉百人一首」者，通常簡稱爲「百人一首」。所謂「百家詩紙牌遊戲」，即是指此「百人一首」和歌背誦比賽之遊戲。此乃日本老少咸宜，爲全民所愛戴之高雅遊戲。「小倉」之名，據云係由歌聖藤原定家所取（定家在小倉山－大堰川其間之山嵐中選撰「百人一首」，故而以其地名冠之。）

定家與源通具、藤原有家、同家隆、同雅經等人受到後鳥羽院之命令選撰「新古今集」，然而在選撰之時感到意猶未盡之處甚多，故而另外，從「古今集」、「後撰集」、「拾遺集」、「金葉集」、「詞花集」、「千載集」、「新古今集」、「後拾遺集」、「新勅撰集」及「續後撰集」中選出一百位歌人，每人各選其一首和歌，編撰成「百人一首」。

本書特點

本書一百首漢譯詩均以七言絕句方式呈現，並標示出每一用字的平仄聲及每首詩歌所押的聲韻。將膾炙人口的「百人一首」日本古典作完整的漢譯，在日本詩歌漢譯史上甚爲罕見。附錄中將和歌及漢詩中之用詞分別加以說明，仔細參照玩味有助於對中、日文學的瞭解和比較。

歌目

1

秋(あき)の田(た)の　かりほの庵(いほ)の
とまをあらみ　わがころ
もでは　露(つゆ)にぬれつつ

天智天皇(てんじてんのう)

歌意：守望秋收（尤韻）

——｜｜｜——，｜｜——｜｜—
茅棚守望接平疇，隙透星光寄思悠；
｜｜｜——｜｜，———｜｜——
湛湛露濃疑夜雨，霜凝長袖一天秋。

作者：天智天皇，日本第三十八代天皇，舒明天皇之子，其母爲皇極天皇。

2

春過(はるす)ぎて　夏来(なつき)にけらし
白妙(しろたへ)の　衣(ころも)ほすてふ
天(あま)の香具山(かぐやま)

持統天皇(じとうてんのう)

歌意：初夏即景（歌韻）

———｜｜——，—｜——｜｜—
韶光如畫易蹉跎，初夏晴空一碧羅；
—｜———｜｜，｜——｜｜——
香具山城梅未熟，竹竿偏曬白衣多。

作者：持統天皇爲天智天皇之第二位皇女，又稱鸕野讚良皇女。

3

あしびきの　山鳥（やまどり）の尾（を）の
しだり尾（を）の　ながながし
夜（よ）を　ひとりかも寝（ね）む

柿本人麿（かきのもとのひとまろ）

歌意：寄詠山雞（陽韻）

｜｜－－｜｜－　－－－｜｜－－

院落沉沉夜未央，山雞衣采尾修長；

－－｜｜－－｜　－｜－－－｜－

雙飛底事宵分宿，孤夢醒時應斷腸。

作者：柿本人麿。奈良時代歌集「萬葉集」名歌人代表。

4

田子（たご）の浦（うら）に　うち出（い）でて見（み）
れば　白妙（しろたへ）の　富士（ふじ）の高（たか）
嶺（ね）に　雪（ゆき）は降（ふ）りつつ

山部赤人（やまべのあかひと）

歌意：田子浦信步（刪韻）

｜｜－－｜｜－　｜－－｜｜－－

信步郊原好是閒，獨來田子浦看山；

－－｜｜－－｜　｜｜－－｜｜－

銀裝富士峯頭雪，欲學飛仙叩玉關。

作者：山部赤人，傳記不詳。

5

奥山に　紅葉踏み分け　鳴く鹿の　声聞く時ぞ　秋は悲しき

猿丸大夫

歌意：深山聞鹿（庚韻）

——｜｜｜——　—｜——｜｜—

西風吹客出愁城，紅葉深山踽踽行；

—｜———｜｜　｜—｜｜｜——

麋鹿呦呦蟲訴語，始知秋意益淒清。

作者：猿丸大夫。傳記不詳。為日本中古三十六歌仙之一。

6

かささぎの　渡せる橋に　おく霜の　白きをみれば　夜ぞふけにける

中納言家持

歌意：七夕宮廷值夜（蕭韻）

—｜——｜｜—　——｜｜｜——

天上銀河駕鵲橋，宮廷值宿漏迢迢；

｜—｜｜——｜　｜｜——｜｜—

玉階不覺凝霜白，夜未央先待早朝。

作者：中納言家持，亦即大伴家持。為奈良末期，「萬葉集」時代最後的代表歌人。名列中古三十六歌仙之一。

7

天の原　ふりさけ見れば　春日なる　三笠の山に　出でし月かも

安倍仲麿

歌意：明州祖餞（先韻）

｜｜——｜｜—　——｜｜｜——

作使天朝不計年，明州祖餞醉瓊筵；

———｜——｜　｜｜——｜｜—

遙思三笠山前月，是否今宵一樣圓。

作者：安倍仲麿。奈良朝人，仲麿以留學生身份被派遣入唐，經過三十五年後始與來朝之遣唐使一道返日。

8

わが庵は　都のたつみ　しかぞすむ　世をうぢ山と　人はいふなり

喜撰法師

歌意：宇治山居（虞韻）

——｜｜｜——　｜｜——｜｜—

岧嶤宇治拱皇都，自愛名山喜結廬；

｜｜———｜｜　｜—｜｜｜——

與世無爭寧遠俗，任人調笑馬牛呼。

作者：喜撰法師。傳記不詳，爲六歌仙之一。

9

花の色は　うつりにけりな
いたづらに　わが身世に
ふる　ながめせしまに

小野小町

歌意：梅雨（麻韻）

｜－｜｜｜－－　｜｜－－｜｜－

盛開易謝嘆櫻花，五月梅霖歲更賒；

｜｜－－－｜｜　｜－－｜｜－－

閉戶深居愁莫遣，鏡中人自惜年華。

作者：小野小町。此名乃美女之代稱。爲六歌仙中唯一的女歌人。

10

これやこの　行くも帰るも
別れては　知るも知らぬ
も　逢坂の関

蝉丸

歌意：逢坂關（眞韻）

－｜－－－｜－　｜－｜｜｜－－

逢坂關前楊柳春，送迎此地總傷神；

－－｜｜－－｜　－｜－－｜｜－

車塵馬足風和雨，多少南來北往人。

作者：蝉丸。乃傳說中之人物，據「今昔物語」所載，彼乃宇多天皇之皇子（式部卿敦實親王）所雇佣之雜工。因其擅長於「蟬歌」而享此名。

11

わたの原（はら）　八十島（やそしま）かけて　漕（こ）ぎ出（い）でぬと　人（ひと）には告（つ）げよ　海人（あま）の釣舟（つりぶね）

参議（さんぎ）篁（たかむら）

歌意：隱岐放舟（尤韻）

｜｜——｜｜—　｜—｜｜｜——

賤命回天釋百憂，隱岐隱去復何求；

｜——｜——｜　—｜——｜｜—

海天寥闊波如鏡，長寄生涯一葉舟。

作者：參議篁。即小野篁，官位及參議。仁明天皇承和年間與遣唐使發生爭執，嵯峨（さが）天皇怒，處以絞刑，後減刑放逐至隱岐。本歌乃作者在出發時所詠，表現出其悲壯之心聲。

12

天（あま）つ風（かぜ）　雲（くも）の通（かよ）ひ路（ぢ）　吹（ふ）き閉（と）ぢよ　をとめの姿（すがた）　しばしとどめむ

僧正遍昭（そうじょうへんじょう）

歌意：仙姬（先韻）

—｜——｜｜—　——｜｜｜——

歌舞繁華助管弦，嬌嬈窈窕鬪嬋娟；

——｜｜——｜　—｜——｜｜—

封姨速阻風雲路，留住仙姬伴綺筵。

作者：僧正遍昭。俗名良岑宗貞。登比叡山剃髮出家，道號遍昭。在花山創立元慶寺，故又稱其爲花山僧正。

13

筑波嶺（つくばね）の　峰（みね）より落（お）つる
男女川（みなのがは）　恋（こひ）ぞつもりて
淵（ふち）となりぬる

陽成院（ようぜいいん）

歌意：筑波登潭（先韻）

筑波山上瀉飛泉，下注澄潭不計年；
積愫深如潭底水，相思不盡恨綿綿。

作者：陽成院。第五十七代天皇。

14

陸奥（みちのく）の　しのぶもぢずり
誰（たれ）ゆゑに　乱（みだ）れそめにし
われならなくに

河原左大臣（かわらのさだいじん）

歌意：花摺衣（微韻）

五彩斑斕花摺衣，使人意亂復情迷；
風吹衣帶心長繫，隨著花衣入繡閨。

作者：河原左大臣。即源融（とおる）。嵯峨（さが）天皇之第八位皇子。

15

君(きみ)がため　春(はる)の野(の)に出(い)でて
若菜(わかな)つむ　わが衣手(ころもで)に
雪(ゆき)は降(ふ)りつつ

光孝天皇(こうこうてんのう)

歌意：春寒（東韻）
—｜——｜｜—　｜—｜｜｜——
郊圃爲卿摘嫩菘，不禁料峭落花風；
———｜——｜　｜｜——｜｜—
予知春至猶飛雪，縮手鵜毛入袖中。
作者：光孝天皇。第五十八代天皇，名時康。
出生於東京六條的小松殿，由於他在該處長大，故亦名之爲小松之御門（みかど）。他是仁明天皇的第三皇子。

16

たち別(わか)れ　いなばの山(やま)の
峰(みね)に生(お)ふる　まつとし聞(き)
かば　今帰(いまかへ)り来(こ)む

中納言行平(ちゅうなごんゆきひら)

歌意：赴任（微韻）
｜｜——｜｜—　｜——｜｜——
出守因幡別竹扉，最難忘與故交違；
———｜——｜　｜｜——｜｜—
官常重遜田園趣，稻羽松風待我歸。
作者：中納言行平，即在原行平，官位及中納言。阿保（あぼ）親王之第二子，母親爲伊都（いと）內親王。

17

ちはやぶる　神代(かみよ)も聞(き)かず
竜田川(たつたがは)　からくれなゐに
水(みづ)くくるとは

在原業平朝臣(ありわらのなりひらあそん)

歌意：龍田丹楓（東韻）
———｜｜——　—｜——｜——
龍田川上滿丹楓，紅葉川流一片紅；
｜｜———｜｜　｜——｜｜——
畫本何人描繪得，醉心奇景屬天工。
作者：在原業平朝臣。阿保（あぼ）親王的第五位公子。

18

住(すみ)の江(え)の　岸(きし)による波(なみ)　よ
るさへや　夢(ゆめ)の通(かよ)ひ路(ぢ)
人(ひと)めよくらむ

藤原敏行朝臣(ふじわらのとしゆきあそん)

歌意：情歌（眞韻）
｜｜——｜｜—　｜—｜｜｜——
白日過從懼路人，但教旖旎夢中親；
——｜｜——｜　—｜——｜｜—
如何黑夜還多慮，秋水迢迢悵問津。
作者：藤原敏行朝臣。其父爲陸奥出羽按察使富士麿（あぜちふじまろ）。「按察使」乃各國行政及國司政治成績之視察官。

19

難波潟（なにはがた）　みじかき芦（あし）の　ふしの間（ま）も　逢（あ）はでこの世（よ）を　過（す）ぐしてよとや

伊勢（いせ）

歌意：寄詠蘆葦（支韻）
｜一一｜｜一一　｜｜一一｜｜一
海灘蘆葦節參差，女愛男歡兩意癡；
｜｜一一一｜｜　一一｜｜｜一一
一刻千金難買得，須臾不見惜良時。

作者：伊勢。伊勢守（いせいのかみ）藤原繼蔭（つぎかげ）之女。

20

わびぬれば　今（いま）はた同（おな）じ　難波（なには）なる　みをつくして　も逢（あ）はむとぞ思（おも）ふ

元良親王（もとよししんのう）

歌意：戀歌（支韻）
｜｜一一｜｜一　一一｜｜｜一一
抑鬱徬徨永自悲，何如聚首續情絲；
｜一｜｜一一｜　｜｜一一｜｜一
萬端俗慮都捐得，不恤人言笑倆癡。

作者：元良親王。陽成天皇的第一皇子。母親爲主殿頭（とのものかみ）藤原遠長（とおなが）之女。

21

今来(いまこ)むと　言(い)ひしばかりに
長月(ながつき)の　有明(ありあけ)の月(つき)を　待(ま)
ち出(い)でつるかな

素性法師(そせいほうし)

歌意：痴望（佳韻）

—｜——｜｜—　——｜｜｜——
長夜無由騁遠懷，徘徊癡望影相偕；
｜—｜｜——｜　—｜——｜｜—
說來不至成空約，涼露如珠月滿階。

作者：素性法師。俗名良岑玄利，父親是僧正遍昭。

22

吹(ふ)くからに　秋(あき)の草木(くさき)の
しをるれば　むべ山風(やまかぜ)を
嵐(あらし)といふらむ

文屋康秀(ふんやのやすひで)

歌意：西風（陽韻）

——｜｜｜——　｜｜——｜｜—
西風草木半枯黃，亦有丹楓點染霜；
｜｜———｜｜　｜——｜｜——
好是深秋圖畫裏，夕陽山色任徜徉。

作者：文屋康秀。生歿年代不詳。「姓氏錄」中「文屋」之姓在天武天皇之皇女二品長親王之後始出現。

23

月みれば　ちぢにものこそ
悲しけれ　わが身一つの
秋にはあらねど

大江千里

歌意：秋思（庚韻）

｜｜－－－｜－　－－｜｜｜－－
月色秋光分外明，如何望月卻愁生；
－－｜｜－－｜　｜｜－－｜｜－
天爲萬物成生殺，我獨悲秋百緒縈。

作者：大江千里。參議大江音人（おとんど）的二公子。

24

このたびは　ぬさもとりあ
へず　手向山　紅葉の
錦　神のまにまに

菅家

歌意：手向山紅葉（先韻）

｜｜－－－｜－　－－｜｜｜－－
手向山頭紅葉鮮，紛紛錦幣勝青錢；
｜－｜｜｜－－　｜｜－－｜｜－
滿坑滿谷供神座，我自征途一粲然。

作者：菅家，亦即菅原道眞；乃參議是善（これよし）的三公子。字三，小名阿呼（あこ），自幼即以文才聞名。

25

名（な）にしおはば　逢坂山（あふさかやま）の
さねかづら　人（ひと）にしられ
で　くるよしもがな

三条右大臣（さんじょうのうだいじん）

歌意：逢坂古桂（陽韻）

—｜——｜｜—　——｜｜｜——
逢坂山前古桂香，私衷默禱望包荒；
——｜｜——｜　｜｜——｜｜—
濃蔭許唱求凰曲，女愛男歡願兩償。

作者：三条右大臣，即藤原定方，醍醐天皇延長二年正月，任右大臣職官拜從二位。由於他的官邸設在京師的三條，所以又稱他爲「三條右大臣」。

26

小倉山（をぐらやま）　峰（みね）のもみぢ葉（ば）
心（こころ）あらば　今（いま）ひとたび
の　みゆき待（ま）たなむ

貞信公（ていしんこう）

歌意：題紅葉（東韻）

｜｜——｜｜—　——｜｜｜——
勝地名泉愛晚楓，遊蹤處處送飛鴻；
｜——｜——｜　—｜——｜｜—
小倉山畔重來日，霜葉依然爲我紅。

作者：貞信公，即藤原忠平（ただひら）。藤原基經（もとつね）的第四位公子。村上天皇天曆三年（九四九）時去世，安葬於法性寺，諡貞信公。

27

みかの原（はら）　わきて流（なが）るる
泉川（いづみがは）　いつ見（み）きとてか
恋（こひ）しかるらむ

中納言兼輔（ちゅうなごんかねすけ）

歌意：瓶原仙遇（先韻）
ー｜ーー｜ー　ーー｜｜｜ーー
佳盛瓶原地湧泉，仙鄉淑女貌如仙；
ーー｜｜ーー｜　｜｜ーー｜｜ー
鴛盟訂自三生石，莫吝人間一見緣。
作者：中納言兼輔。由於他居住在加茂川河堤的下栗田（したあわだ），故又稱其為堤中納言，為中古三十六歌仙之一。

28

山里（やまざと）は　冬（ふゆ）ぞさびしさ　まさりける　人目（ひとめ）も草（くさ）も
かれぬと思（おも）へば

源（みなもとの）　宗于朝臣（むねゆきあそん）

歌意：山家（麻韻）
ーー｜｜ーー　｜｜ーー｜｜ー
深山寂寂少人家，地凍天寒興更賒；
｜｜｜ーー｜｜　｜ーー｜｜ーー
四野草枯風亦急，卻尋幽壑臥煙霞。
作者：源宗于朝臣。寬平六年受賜源姓。朱雀（すざく）天皇承平三年任右京大夫（うきょうのだいぶ）職，為日本中古三十六歌仙之一。

29

心(こころ)あてに　折(を)らばや折(を)らむ　初霜(はつしも)の　置(お)きまどはせる　白菊(しらぎく)の花(はな)

凡河内躬恒(おおしこうちのみつね)

歌意：白菊（支韻）

｜｜——｜｜—　——｜｜｜——
慘淡秋容瘦傲姿，籬邊白菊正紛披；

｜—｜｜——｜　｜｜——｜｜—
是霜是菊渾難辨，欲折偏憐似雪枝。

作者：凡河内躬恒。中古三十六歌仙之一，亦為「古今集」的作者之一。

30

有明(ありあけ)の　つれなく見(み)えし　別(わか)れより　あかつきばかり　憂(う)きものはなし

壬生忠岑(みぶのただみね)

歌意：殘月（先韻）

｜｜——｜｜—　｜——｜｜——
旖旎纏綿到曉天，一勾殘月掛窗前；

｜—｜｜——｜　—｜——｜｜—
送郎枕畔情雖盡，回味歡然又缺然。

作者：壬生忠岑，壬生安綱之子。為中古三十六歌仙之一。

31

朝ぼらけ　有明の月と　みるまでに　吉野の里に　ふれる白雪

坂上是則

歌意：吉野雪晨（陽韻）

ーー｜｜ーー｜　｜｜ーー｜｜ー

憑欄睡眼疑涼月，又道天明分外光；

｜｜｜ーー｜｜　ーー｜｜｜ーー

一陣冷風驚意醒，今朝吉野已銀裝。

作者：坂上是則。坂上田村麿之後代。爲中古三十六歌仙之一。

32

山川に　風のかけたる　しがらみは　流れもあへぬ　紅葉なりけり

春道列樹

歌意：紅葉頌（刪韻）

｜ー｜｜｜ーー　ー｜ーー｜｜ー

竹頭木屑擁重關，無限江流作色般；

｜｜ーーー｜｜　｜ーー｜｜ーー

萬種風情留水堰，不教紅葉去人間。

作者：春道列樹。經歷、傳記不詳。

33

ひさかたの　光(ひかり)のどけき
春(はる)の日(ひ)に　静心(しづごころ)なく
花(はな)の散(ち)るらむ

紀友則(きのとものり)

歌意：櫻花（歌韻）
——————————————
艷陽有腳莫蹉跎，桃李爭春百鳥歌；
——————————————
底事櫻花偏不耐，夜嵐一掃逐清波。

作者：紀友則。日本三十六歌仙之一，爲延喜時代的代表歌人，歌風至爲洗練。

34

誰(たれ)をかも　知(し)る人(ひと)にせむ
高砂(たかさご)の　松(まつ)も昔(むかし)の　友(とも)
ならなくに

藤原興風(ふじわらのおきかぜ)

歌意：高砂古松（語韻）
——————————————
自笑龍鍾忘爾汝，蒼茫獨立向何處；
——————————————
步出高砂鮮故人，欲友古松松不語。

作者：藤原興風。參議濱成之後代，道成之子。擅長於管弦樂器之演奏，「琴」藝精湛。

35

人はいさ　心も知らず
ふるさとは　花ぞ昔の
香ににほひける

紀貫之

歌意：憶梅（寒韻）

世變人心測亦難，舊交貧賤失彈冠；
算來故里梅依舊，玉色清香雪裏看。

作者：紀貫之。是位歌人，書法家及評論家。著有「土佐日記」。

36

夏の夜は　まだ宵ながら
明けぬるを　雲のいづこ
に　月やどるらむ

清原深養父

歌意：夏夜望月（歌韻）

良宵苦短夜如何，一夢伊誰著意多；
望月未沉天已曉，白雲深處覓姮娥。

作者：清原深養父。乃「古今集」時代有影響力之歌人。其個人之詩集，有「深養父集」。「勅撰集」中有其所著之詩歌計達四十首之多。

37

白露に　風の吹きしく　秋の野は　つらぬきとめぬ　玉ぞ散りける

文屋朝康

歌意：露華（先韻）

｜｜——｜｜—　——｜｜｜——

草上珍珠顆顆圓，秋來處處露華鮮；

——｜｜——｜　｜｜——｜｜—

飛揚搖曳隨風去，未及紅絲一線穿。

作者：文屋朝康。文屋康秀（22之作者）之子。傳記不詳。

38

忘らるる　身をば思はず　誓ひてし　人の命の　惜しくもあるかな

右近

歌意：誓神（支韻）

—｜——｜｜—　———｜｜——

菩薩低眉笑我癡，神前私願自家知；

——｜｜——｜　—｜——｜｜—

冥冥若徽郎心變，生死由他恨悔遲。

作者：右近。右近少將藤原季綱之女，「後撰集」、「拾遺集」、「新勅撰集」中均收錄有其詩歌。

39

浅茅生の　小野の篠原　しのぶれど　あまりてなどか　人の恋しき

参議等

歌意：相思（蕭韻）

｜｜——｜｜—　｜——｜｜——

刻骨相思恨不銷，欲拋還漲似春潮；

｜——｜——｜　｜｜——｜｜—

竹林茅草難強抑，永念胸中火怒燒。

作者：參議等，即源等。嵯峨天皇皇子（大納言弘）之孫。中納言希（ねがう）之子。官位及參議。

40

しのぶれど　色に出でにけり　わが恋は　ものや思ふと　人の問ふまで

平兼盛

歌意：偷戀（元韻）

｜｜——｜｜—　———｜｜——

怕白人前露半痕，相思和淚暗銷魂；

｜——｜——｜　｜｜——｜｜—

卻原心境終難隱，惹得旁觀慰語溫。

作者：平兼盛。「勅撰集」中有其所作之詩計八十三首。中古三十六歌仙之一。著有「兼盛集」。

41

恋(こひ)すてふ　わが名(な)はまだき
立(た)ちにけり　人知(ひとし)れずこそ
思(おも)ひそめしか

壬生忠見(みぶのただみ)

歌意：初戀（支韻）

——｜｜——　｜｜——｜｜—
相知相愛意殷勤，默默情含蜜蜜芬；

｜｜｜——｜｜　———｜｜——
少女少男初戀事，緣何傳遍作新聞。

作者：壬生忠見。壬生忠岑（30之作者）之子。中古三十六歌仙之一。有三十六首和歌收錄在「敕撰集」中。著有「忠見集」。

42

契(ちぎ)りきな　かたみに袖(そで)を
しぼりつつ　末(すゑ)の松山(まつやま)
波越(なみこ)さじとは

清原元輔(きよはらのもとすけ)

歌意：誓言（刪韻）

———｜｜——　｜｜——｜｜—
輕衫羅袖淚斑斑，白首相要約指環；

｜｜———｜｜　｜——｜｜——
永守山盟兼海誓，巨濤翻不過松山。

作者：清原元輔。深養父（36之作者）之孫。下總守春光（しもつけのかみ）之子。清少納言（62之作者）之父。

43

逢(あ)ひ見ての　のちの心(こころ)に
くらぶれば　昔(むかし)はもの
を　思(おも)はざりけり

権中納言敦忠(ごんちゅうなごんあつただ)

歌意：苦憶（先韻）
－－－－－－－－－－－－－－
鎮日相思苦自煎，花前攜手倍相憐；
－－－－－－－－－－－－－－
從知不見和相見，前後如同別有天。

作者：**權中納言敦忠**。藤原時平之子。即藤原敦忠。中古三十六歌仙之一。著有「權中納言敦忠卿集」。

44

逢(あ)ふことの　絶(た)えてしなく
は　なかなかに　人(ひと)をも
身(み)をも　恨(うら)みざらまし

中納言朝忠(ちゅうなごんあさただ)

歌意：戀情（眞韻）
－－－－－－－－－－－－－－
愛深唯有意中人，獨賞知音即可親；
－－－－－－－－－－－－－－
莫自多情空苦惱，堂堂善惜百年身。

作者：**中納言朝忠**。即藤原朝忠，三條右大臣藤原定方（25之作者）之次子。廣讀漢、和書籍並擅長笙之演奏。中古三十六歌仙之一。著有「權中納言朝忠卿集」。

45

あはれとも　いふべき人（ひと）は
思（おも）ほえで　身（み）のいたづら
に　なりぬべきかな

謙徳公（けんとくこう）

歌意：自憐（先韻）

——｜｜｜——　—｜——｜｜—
繁華過眼即雲煙，歡愛前塵只惘然；
｜｜———｜｜　｜——｜｜——
縱爲多情毋惜死，自憐寧不受人憐。

作者：謙德公。乃一條攝政藤原伊尹（これただ）之諡名，爲九條右大臣師輔（もろすけ）之長子。

46

由良（ゆら）のとを　渡（わた）る舟人（ふなびと）　か
ぢをたえ　行（ゆ）くへも知（し）ら
ぬ　恋（こひ）の道（みら）かな

曽禰好忠（そねのよしただ）

歌意：苦戀（囊韻）

｜｜——｜｜—　———｜——｜
出峽樓船突折櫓，飄浮紅海迎風雨；
｜｜——｜——　——｜｜｜—｜
我亦情如失舵舟，茫茫愛海不知苦。

作者：曽禰好忠。身世不詳。曾任丹後掾（たんごのじょう）職，故被稱之爲「曾丹後掾」或「曾丹後」。

47

八重葎（やへむぐら）　しげれる宿（やど）の　さびしきに　人（ひと）こそ見（み）えね　秋（あき）は来（き）にけり

恵慶法師（えぎょうほうし）

歌意：秋懷（灰韻）

一｜一一｜｜一　一一一｜｜一一

歌舞樓台歷劫灰，荒涼庭院滿蒿萊；

｜一｜｜一一｜　｜｜一一一｜｜一

自從冷落無車馬，只有秋風掃葉來。

作者：恵慶法師。三十六歌仙之一。「勅撰集」中有其詩歌計五十九首。著有「恵慶集」。

48

風（かぜ）をいたみ　岩（いは）うつ波（なみ）の　おのれのみ　くだけても　のを　思（おも）ふころかな

源重之（みなもとのしげゆき）

歌意：綺念（微韻）

｜一｜｜一一｜　｜｜｜一｜｜一

疾風巨浪衝巖石，濺起浪花四面飛；

｜｜一一一｜｜　一一｜｜｜一一

似我思潮紛起伏，閒愁綺念總難揮。

作者：源重之。中古三十六歌仙之一。著有「重之集」。

49

みかきもり　衛士(ゑじ)のたく火(ひ)の　夜(よる)は燃(も)え　昼(ひる)は消(き)えつつ　ものをこそ思(おも)へ

大中臣能宣朝臣(おおなかとみのよしのぶあそん)

歌意：寄情（庚韻）

ーー｜｜｜ーー　｜｜ーー｜｜ー
如焚五内若爲情，阻隔蓬山萬緒縈；
｜｜ーーー｜｜　ーー｜｜｜ーー
恰似禁中篝火夜，紅心一點到天明。

作者：大中臣能宣朝臣。爲中古三十六歌仙之一，其子輔親、其女伊勢大輔（61之作者）均爲有名之歌人。著有「能宣朝臣」集。

50

君(きみ)がため　惜(を)しからざりし　命(いのち)さへ　長(なが)くもがなと　思(おも)ひけるかな

藤原義孝(ふじわらのよしたか)

歌意：寄意（支韻）

ーーー｜｜ーー　｜｜｜ーー｜ー
爲親芳澤冒艱危，縱死只教能見之；
ー｜｜ーー｜｜　｜ーー｜｜ーー
今日兩情深繾綣，卻祈偕老百年時。

作者：藤原義孝。謙德公（45之作者）之四子。著有「義孝集」。

51

かくとだに　えやはいぶき
の　さしも草（ぐさ）　さしも知（し）
らじな　燃（も）ゆる思ひを

藤原実方朝臣（ふじわらのさねかたあそん）

歌意：炙艾（支韻）

|——||——　||———|—

不相思卻最相思，似此愁情無了時；

||———||　|—|||——

但看伊吹山上艾，火焚烈烈任風吹。

作者：藤原実方朝臣。中古三十六歌仙之一。
著有「實方朝臣集」。

52

明（あ）けぬれば　暮（く）るるものと
は　知（し）りながら　なほう
らめしき　朝（あさ）ぼらけかな

藤原道信朝臣（ふじわらのみちのぶあそん）

歌意：卻密（元韻）

——|||——　||——||—

流光曉速近黃昏，暮色蒼茫已到門；

—|———||　——|||——

重入香閨尋舊夢，生憎月落又朝暾。

作者：藤原道信朝臣。年方二十三即夭折。
「勅撰集」中編入其所著之詩歌計四十九首，爲中古三十六歌仙之一。

53

嘆(なげ)きつつ　ひとり寝(ぬ)る夜(よ)の
明(あ)くる間(ま)は　いかに久(ひさ)し
き　ものとかは知(し)る

右大将道綱母(うだいしょうみちつなのはは)

歌意：不寐有寄（微韻）
－－－｜｜－－　｜｜－－－｜－
孤燈涼月守空幃，數盡更籌人未歸；
｜｜｜－－｜－　｜－－｜｜－－
妾怨夜長郎恨短，夜如何究是耶非。
作者：右大将道綱母。右大將道綱之母，藤原
　兼家之妻，眞名不詳，乃中古三十六歌
　仙之一。

54

忘(わす)れじの　行(ゆ)く末(すゑ)までは
かたければ　今日(けふ)を限(かぎ)り
の　命(いのち)ともがな

儀同三司母(ぎどうさんしのはは)

歌意：寒盟（寒韻）
｜－－｜｜－－　－｜－－－｜－
訂盟容易守盟難，今日歡娛來日酸；
｜｜｜－－｜｜　｜－－｜｜－－
阮被愛憐行見棄，總疑身是夢中看。
作者：儀同三司母。原名高階成貴子。爲一積
　極進取天資聰慧的女性。對漢學具有很
　深的素養。「勅撰集」中計收錄其詩歌
　一五十一首。

55

滝の音は　絶えて久しく
なりぬれど　名こそ流れ
て　なほ聞こえけれ

大納言公任

歌意：大覺寺懷古（虞韻）

｜—｜｜｜——　｜｜——｜｜—

世間萬事有榮枯，勝蹟江山好畫圖；

｜｜———｜｜　——｜｜｜——

瀑布無聲名永在，重來古寺一踟躕。

作者：大納言公任。原屬藤原氏。乃太政大臣賴忠（よりただ）之子。人稱四條大納言。對漢詩、和歌、音樂均有相當的素養。

56

あらざらむ　この世のほか
の　思ひ出に　今ひとた
びの　逢ふこともがな

和泉式部

歌意：病中有寄（先韻）

｜｜——｜｜—　｜——｜｜——

舊恨新愁兩意牽，藥爐茶竈病纏綿；

———｜——｜　｜｜——｜｜—

風吹幃動期君訣，再結來生未了緣。

作者：和泉式部。越前守（えちぜんのかみ）大江雅致（まさむね）之女。嫁給和泉守道貞（みちさだ）後，被稱爲和泉式部。

57

めぐりあひて　見(み)しやそれ
とも　わかぬ間(ま)に　雲(くも)が
くれにし　夜半(よは)の月(つき)かな

紫式部(むらさきしきぶ)

歌意：路遇（文韻）

｜｜－－｜｜－　－－｜｜｜－－
路上相逢盡故人，依稀辨認喜逢君；
－－｜｜－－｜　－｜－－｜｜－
如何一瞬音容失，憐是清宵月掩雲。

作者：紫式部。藤原爲時之女，「源氏物語」的著作人。其個人之詩歌集有「紫式部集」。爲中古三十六歌仙之一。

58

有馬山(ありまやま)　猪名(ゐな)の笹原(ささはら)　風吹(かぜふ)
けば　いでそよ人(ひと)を　忘(わす)
れやはする

大弐三位(だいにのさんみ)

歌意：竹林微風（麻韻）

｜－－｜｜－－　｜｜－－｜｜－
竹林風吹響沙沙，吹入儂心亂似麻；
－｜－－－｜｜　｜－｜｜｜－－
郎愛微風曾拂面，此風久不到兒家。

作者：大弐三位。名藤原賢子。由於她嫁正三位太宰太貳高階成章爲妻故而被稱之爲「大貳三位」。「勅撰集」中有其所作詩歌計三十七首。

59

やすらはで　寝(ね)なましもの
を　さ夜(よ)ふけて　かたぶ
くまでの　月(つき)を見(み)しかな

赤染衛門(あかぞめえもん)

歌意：孤燈（刪韻）
一一｜｜｜一一　｜｜一一｜｜一
孤燈獨守已更殘，欲睡遲遲忍百般；
｜｜｜一一｜｜　｜一一｜｜一一
倚枕已聞雞報曉，直看涼月下西山。

作者：赤染衛門。爲中古三十六歌仙之一。其個人之詩集，爲「赤染衛門集」。傳說她也是「榮華物語」的作者。「勅撰集」中，有其所作之詩歌計九十二首。

60

大江山(おほえやま)　いく野(の)の道(みち)の　遠(とほ)
ければ　まだふみもみず
天(あま)の橋立(はしだて)

小式部内侍(こしきぶのないし)

歌意：丹後慈雲（文韻）
一｜一一｜｜一　一一一｜｜一一
丹後迢迢遠省親，重山重水急如焚；
一一｜｜一一｜　｜｜一一｜｜一
天橋立久無消息，悵望慈闈一片雲。

作者：小式部内侍。乃和泉守橘道貞（いずみのかみたちばなのみちさだ）及和泉式部（56之作者）所生之女。故稱之爲「小式部」。

61

いにしへの　奈良(なら)の都(みやこ)の
八重桜(やへざくら)　けふ九重(ここのへ)に　に
ほひぬるかな

伊勢大輔(いせのたいふ)

歌意：賞櫻（庚韻）

｜──｜｜──，｜｜──｜｜─
奈良朝代八重櫻，隔世盛開耀帝京；
─｜｜──｜｜，｜──｜｜──
開在九重中禁裡，即當凡種亦蜚聲。

作者：伊勢大輔。以其父之官名而得「伊勢大輔」之稱謂。「勅撰集」中有其詩歌計五十一首。中古三十六歌仙之一。著有「伊勢大輔集」。

62

夜(よ)をこめて　鳥(とり)のそらねは
はかるとも　よに逢坂(あふさか)の
関(せき)はゆるさじ

清少納言(せいしょうなごん)

歌意：賺關（庚韻）

｜──｜｜──，─｜──｜｜─
賺開函谷學雞鳴，逢坂重施技不成；
｜｜｜──｜｜，──｜｜｜──
不見負心人可恨，皤皤關令那知情。

作者：清少納言。官名，其本名不詳。晚年出家爲尼，她的散文作品「枕草子」（まくらそうし）頗負盛名。著作有「清少納言集」。

63

今(いま)はただ　思(おも)ひ絶(た)えなむ
とばかりを　人(ひと)づてなら
で　言(い)ふよしもがな

左京大夫道雅(さきょうのだいぶみちまさ)

歌意：慧劍（支韻）

｜—｜｜｜——　｜｜——｜｜—
快磨慧劍斬情絲，不再尊前學責痴；
｜｜｜——｜｜　｜—｜｜｜——
只是不勞傳信息，直將此意告卿知。

作者：左京大夫道雅。儀同三司藤原伊周（これちか）之子。爲中古三十六歌仙之一。

64

朝(あさ)ぼらけ　宇治(うぢ)の川霧(かはぎり)　た
えだえに　あらはれわた
る　瀬々(せぜ)の網代木(あじろぎ)

権中納言定頼(ごんちゅうなごんさだより)

歌意：江上曉霧（鹽韻）

｜｜——｜｜—　——｜｜｜——
檻外青山失翠光，濛濛霧若雨纖纖；
——｜｜——｜　｜｜——｜｜—
朝暾直射川流淺，竹箔魚麗入眼簾。

作者：権中納言定頼。即藤原定頼。是位書法家。「勅撰集」中有其詩四十六首。著有「權中納言定賴卿集」。

65

恨(うら)みわび　ほさぬ袖(そで)だに
あるものを　恋(こひ)に朽(く)ちな
む　名(な)こそ惜(を)しけれ

相模(さがみ)

歌意：遣悲懷（蕭韻）

－－－－－－－　－－－－－－－

翠衫紅淚濕朝朝，衫破淚乾恨不銷；

－－－－－－－　－－－－－－－

最是聲名傷物議，悔將眞意訴輕佻。

作者：相模。名乙侍從（おとじじゅう）。嫁相模守大江公資（きんすけ）爲妻，故稱其爲「相模」。中古三十六歌仙之一。著有「相模集」。

66

もろともに　あはれと思(おも)へ
山桜(やまざくら)　花(はな)よりほかに
知(し)る人(ひと)もなし

前大僧正行尊(さきのだいそうじょうぎょうそん)

歌意：憶山櫻（支韻）

－－－－－－－　－－－－－－－

苦憶山櫻似若痴，山櫻有否憶余時；

－－－－－－－　－－－－－－－

深居幽谷無人問，除卻山櫻尚有誰。

作者：前大僧正行尊。十二歲出家，天治二年（一一二五）任大僧正。「勅撰集」中有其所作詩歌計四十八首。著有「行尊大僧正集」。

67

春(はる)の夜(よ)の　夢(ゆめ)ばかりなる
手枕(たまくら)に　かひなく立(た)たむ
名(な)こそ惜(を)しけれ

周防内侍(すおうのないし)

歌意：痴情（支韻）

｜—｜｜｜——　｜｜——｜｜—
枕君半臂夢旖旎，苦短春宵懶不支；
｜｜———｜｜　｜——｜｜——
底事旁人閒誶語，我無尤悔爲情痴。

作者：周防内侍。因其爲周防守平棟仲（たいらのむねなか）之女，故而稱其爲周防内侍。本名「仲子」。「勅撰集」中有其所作詩歌計三十五首。

68

心(こころ)にも　あらでうき世(よ)に
ながらへば　恋(こひ)しかるべ
き　夜半(よは)の月(つき)かな

三条院(さんじょういん)

歌意：感懷（灰韻）

｜｜——｜｜—　——｜｜｜——
富貴繁華總苦杯，紛紛苟活眼難開；
——｜｜——｜　—｜——｜｜—
多情只憶深宵月，無限清光玩月臺。

作者：三条院。寬弘八年（一〇一一）即天皇位，時年方三十六歲。其作品被蒐集整理編成「後拾遺集」、「詞花集」及「新古今集」。

69

嵐吹く　三室の山の　もみ
ぢ葉は　竜田の川の
錦なりけり

能因法師

歌意：紅葉詞（藥韻）

－－－－－－｜　－｜－｜－｜｜
山風橫吹狂風作，三室山上紅葉落；
｜｜－｜－－－　－－｜｜－－｜
落葉飄入龍川田，芳辰美景秋蕭索。

作者：能因法師。俗名橘永愷（たちばなのながやす）。「勅撰集」中有其作品計六十七首。個人之詩集有「能因集」。為中古三十歌仙之一。

70

さびしさに　宿を立ち出で
て　ながむれば　いづこ
も同じ　秋の夕暮れ

良暹法師

歌意：秋宵（蕭韻）

｜｜－－｜｜－　－－｜｜｜－－
靜坐禪房感寂寥，山門四望亦蕭蕭；
－－｜｜－－｜　｜｜－－｜｜－
黃昏物我渾無那，處處秋聲似夢遙。

作者：良暹法師。其祖先之系譜不詳。「勅撰集」中有其作品計三十六首詩歌。

71

夕(ゆふ)されば　門田(かどた)の稲葉(いなば)　おとづれて　芦(あし)のまろやに　秋風(あきかぜ)ぞ吹(ふ)く

大納言経信(だいなごんつねのぶ)

歌意：秋郊（微韻）
處士門前稲葉肥，編茅小屋對崔巍；
閒來負手尋詩料，陣陣秋風弄夕暉。

作者：大納言経信。因其居住於京都之桂郷，故亦稱之爲「桂大納言」。「勅撰集」中有其所作詩歌計八十七首。著有「大納言經信卿集」。

72

音(おと)に聞(き)く　高師(たかし)の浜(はま)の　あだ波(なみ)は　かけじや袖(そで)の　ぬれもこそすれ

祐子内親王家紀伊(ゆうしないしんのうけのきい)

歌意：薄倖（陽韻）
高師海上弄潮狂，無信風流薄倖郎；
癡愛負心終見棄，羅衫血淚恨尤長。

作者：祐子內親王家紀伊。本名紀伊。「勅撰集」中有其佳作三十首。著有「祐子內親王家紀伊集」。

73

高砂(たかさご)の　尾(を)の上(へ)の桜(さくら)　咲(さ)きにけり　外山(とやま)の霞(かすみ)　立(た)たずもあらなむ

権中納言匡房(ごんちゅうなごんまさふさ)

歌意：悵望（庚韻）

———｜——｜　—｜｜——｜—

高山花發迎風笑，平地賞花無限情；

｜｜———｜｜　——｜｜｜——

造物何心籠薄霧，相望不見只愁縈。

作者：権中納言匡房。亦名江帥（ごうそち）。自幼才智過人，有神童之譽。著有「江帥集」，並有百餘首詩歌列入「勅撰集」中。

74

憂(う)かりける　人(ひと)を初瀬(はつせ)の　山(やま)おろしよ　はげしかれとは　祈(いの)らぬものを

源俊頼朝臣(みなもとのとしよりあそん)

歌意：祈佛（陽韻）

｜｜——｜｜—　———｜｜——

佛座虔供一柱香，觀音爭不助劉郎；

｜—｜｜——｜　—｜｜——｜—

美人已屬沙吒利，初瀨下坡空斷腸。

作者：源俊頼朝臣。奉白河法皇之命編撰「金葉集」。「勅撰集」中有其作品兩百首。著有「散木奇歌集」。

75

契(ちぎ)りおきし　させもが露(つゆ)を
命(いのち)にて　あはれ今年(ことし)の
秋(あき)もいぬめり

藤原基俊(ふじわらのもととし)

歌意：感事（尤韻）
｜－｜｜－－｜，－｜｜－－｜－
舊盟已破成追憶，朝露漸晞難久留；
－｜－－－｜｜，｜－－｜｜－－
前席雖虛空說項，月華流過又悲秋。
作者：藤原基俊。其個人之詩集有「藤原基俊集」。「勅撰集」中納入其作品計有百餘首詩歌。

76

わたの原(はら)　漕(こ)ぎ出(い)でて見(み)れ
ば　ひさかたの　雲居(くもゐ)に
まがふ　沖(おき)つ白波(しらなみ)

法性寺入道前関白太政大臣(ほっしょうじにゅうどうさきのかんぱくだいじょうだいじん)

歌意：海上（先韻）
｜｜－－｜｜－，－－－｜｜－－
極目長空好放船，魚龍騰躍到尊前；
｜－｜｜－－｜，｜｜－－｜｜－
水雲一色無窮盡，白浪如山向海天。
作者：法性寺入道前関白太政大臣。原名藤原忠通（ただみち）。出家後入法性寺，道號「圓觀」。其書法乃法性寺殿流之鼻祖。「勅撰集」中有其作品達七十首之多。

77

瀬(せ)をはやみ　岩(いは)にせかるる
滝川(たきがは)の　われても末(みゑ)に
あはむとぞ思(おも)ふ

崇徳院(すとくいん)

歌意：戀歌（眞韻）
——｜｜——｜　｜｜——｜｜—
川流石阻分支派，去勢瀠洄復合津；
｜｜———｜｜　———｜｜——
莫惜分飛憐去日，終歸連理頌長春。
作者：崇德院，即崇德天皇，乃鳥羽天皇之皇子，名顯仁。爲和歌之名人，曾下令編撰「詞花集」。

78

淡路島(あはぢしま)　かよふ千鳥(ちどり)の　鳴(な)
く声(こゑ)に　いく夜寝覚(よねざ)めぬ
須磨(すま)の関守(せきもり)

源　兼昌(みなもとのかねまさ)

歌意：久戍（微韻）
｜｜｜｜—｜—　｜——｜———
淡路島上千鳥飛，破空呼侶何依依；
——｜｜——｜　｜｜——｜｜—
須磨久戍無消息，夜不成眠客不歸。
作者：源兼昌。美濃守俊輔（みののかみとしすけ）之子。「勅撰集」中有其詩歌作品七首。

79

秋風に　たなびく雲の　絶
え間より　もれ出づる月
の　影のさやけさ

左京 大夫顕輔

歌意：月下（尤韻）
｜｜－－｜｜－　－－｜｜｜－－
鬖鬡流雲慘淡秋，中宵月色極清幽；
｜－｜｜－－｜　｜｜－－｜｜－
玉盤皎潔銀河淨，莫向天涯動旅愁。
作者：左京大夫顕輔。修理大夫藤原顯季（しゆりだいふふじはらあきすえ）之子。其個人之詩集有「左京大夫顯輔卿集」，約有七十首詩被列入「勅撰集」。

80

長からむ　心も知らず
黒髪の　乱れて今朝は
ものをこそ思へ

待賢門 院 堀河

歌意：有寄（支韻）
｜｜－－｜｜－　－－｜｜｜－－
試問郎心常在否，應憐妾意已成癡；
－－｜｜－－｜　－｜－－｜｜－
含情獨向菱花鏡，難理三千煩惱絲。
作者：待賢門院堀河。乃一流之女歌人。「勅撰集」中納入其作品計六十五首。其個人之詩集有「待賢門院堀河集」。

81

ほととぎす　鳴(な)きつる方(かた)を
ながむれば　ただ有明(ありあけ)の
月(つき)ぞ残(のこ)れる

後徳大寺左大臣(ごとくだいじのさだいじん)

歌意：初夏聞鵑（先韻）

｜｜——｜｜—　———｜｜——
驀聽山前喚杜鵑，尋聲無那獨茫然；
｜——｜——｜　｜｜——｜｜—
只餘殘月隨孤影，幸負春光又一年。

作者：後徳大寺左大臣。即藤原實定。其個人的詩集有「林下集」。「勅撰集」中納入其作品計有七十餘首。

82

思(おも)ひわび　さても命(いのち)は
あるものを　憂(う)きにたへ
ぬは　涙(なみだ)なりけり

道因法師(どういんほうし)

歌意：寄恨（先韻）

—｜——｜｜—　｜—｜｜｜——
偏是多情惹恨牽，最難解脫亦因緣；
｜—｜｜——｜　—｜——｜｜—
萬般痛苦愁滋味，含淚倫彈只自憐。

作者：道因法師。俗名藤原敦賴。出家後道號「道因」。「千載集」中有其作品達十八首之多。「勅撰集」中納入其作品計有四十首。

83

世の中よ　道こそなけれ
思ひ入る　山の奥にも
鹿ぞ鳴くなる

皇太后宮　大夫俊成

歌意：遁世（庚韻）

—｜——｜｜—　｜—｜｜｜——

難覓桃源可避秦，不嫌遁世爲逃名；

——｜｜——｜　｜｜——｜｜—

深山寂寂無來往，偶爾呦呦有鹿鳴。

作者：皇太后宮大夫俊成。十三歲出家，道號「釋阿」。撰有「千載集」。「勅撰集」中納入其作品計四百首以上。其個人之詩集，有「長秋詠藻」。

84

ながらへば　またこのごろ
や　しのばれむ　憂しと
みし世ぞ　今は恋しき

藤原清輔朝臣

歌意：老至（歌韻）

—｜——｜｜—　｜—｜｜｜——

長壽人攖世慮多，一生辛苦任消磨；

｜—｜｜｜—｜　—｜｜—｜｜—

與誰歷歷談今昔，今是昨非奈老何。

作者：藤原清輔朝臣。著有「奥義抄」、「和歌初學抄」、「袋草紙」等。個人之詩集有「清輔朝臣集」。「勅撰集」中有其作品九十首。

85

夜(よ)もすがら　もの思(おも)ふころ
は　明(あ)けやらで　閨(ねや)のひ
まさへ　つれなかりけり

俊恵法師(しゅんえほうし)

歌意：綺羅香（陽韻）

— — | | | — — | | — — | | —
懷君竟夕思茫茫，欲訴無由寸斷腸；
| | | — — | | — — | | | — —
愛惜妾應憐薄命，多情豈只綺羅香。

作者：俊恵法師。他的住居「歌林苑」，每月均舉辦歌合（うたあわせ）比賽。「勅撰集」中計納入其作品八十首以上。個人之詩集有「林葉集」。

86

嘆(なげ)けとて　月(つき)やはものを
思(おも)はする　かこち顔(がほ)なる
わが涙(なみだ)かな

西行法師(さいぎょうほうし)

歌意：寄憶（先韻）

| — | | | — — | | — — | | —
舉頭又見月輪圓，景物依然憶萬千；
| | — — — | | | — | | | — —
怕惹伊人彈涕淚，不將往事訴尊前。

作者：西行法師。俗名佐藤義清（のりきよ）。出家時年方二十三歲。起初道號稱「圓位」，後改爲「西行」。

87

村雨(むらさめ)の　露(つゆ)もまだひぬ　真(ま)
木(き)の葉(は)に　霧立(きりた)ちのぼる
秋(あき)の夕暮(ゆふぐ)れ

寂蓮法師(じゃくれんほうし)

歌意：雨後秋光（元韻）

— — | | | — —　| | — — | | —

風雷乍起雨傾盆，雨過秋光直到門；

| | — — — | |　| — | | | — —

樹葉垂珠山淨洗，卻憐好景近黃昏。

作者：寂蓮法師。俗名藤原定長。個人之詩集有「寂蓮法師集」。

88

難波江(なにはえ)の　芦(あし)のかりねの
ひとよゆゑ　みをつくし
てや　恋(こ)ひわたるべき

皇嘉門院別当(こうかもんいんのべっとう)

歌意：無題（歌韻）

| — — | | — —　— | — — | | —

妾如蘆葦漾江波，郎入蘆中妾奈何；

— | — — — | |　| — — | | — —

萍水姻緣天不管，一回思念一回多。

作者：皇嘉門院別当。崇德天皇（77之作者）之中宮名曰聖子，成爲皇太后後受封爲「皇嘉門院」。作者爲門院中之女別當，傳說是太皇太后宮亮源俊隆之女。

89

玉(たま)の緒(を)よ　絶(た)えなば絶(た)えね
ながらへば　忍(しの)ぶること
の　よわりもぞする

式子内親王(しょくしないしんのう)

歌意：懺情（霰韻）

｜－｜｜｜－｜　｜｜－－－｜｜

自憐命賤玉珠綫，偶爾相逢毋再見；

｜－｜｜｜－－　｜｜－－－｜｜

若教藕斷復絲連，只恐情天悲苦戀。

作者：式子内親王。後白河天皇之第三皇女。剃髮爲尼道號爲「承如法」。乃「新古今集」之女歌人代表，有一百四十八首詩歌納入「勅撰集」中。個人之詩歌有「式子內親王集」。

90

見(み)せばやな　雄島(をじま)のあまの
袖(そで)だにも　ぬれにぞぬれ
し　色(いろ)はかはらず

殷富門院大輔(いんぷもんいんのたいふ)

歌意：青衫紅淚（東韻）

｜－－｜｜－－　－｜－－｜｜－

示郎衫袖淚凝紅，無限柔情此袖中；

｜｜｜－－｜｜　｜－－｜｜－－

濯向海灘波亦赤，血濃於水我心同。

作者：殷富門院大輔。仕事於殷富門院。「大輔」乃其閨名。「勅撰集」中納入其作品計六十五首。個人之詩集有「殷富門院大輔集」。

91

きりぎりす　鳴(な)くや霜夜(しもよ)の
さむしろに　衣(ころも)かたし
き　ひとりかも寝(ね)む

後京極摂政前太政大臣(ごきょうごくせっしょうさきのだいじょうだいじん)

歌意：獨宿（蕭韻）
一一｜｜｜一一　一｜一一｜｜一
螽斯唧唧伴霜宵，孤枕衾寒嘆寂寥；
｜｜一一一｜｜　｜一｜｜｜一一
將就單衣敷冷蓆，再思輾轉到明朝。

作者：後京極摂政前太政大臣。即藤原良經。官拜從一位，任太政大臣職追隨定家（97之作者）學歌。曾參加「新古今集」的編撰，亦是位書法家。

92

わが袖(そで)は　潮干(しほひ)に見(み)えぬ
沖(おき)の石(いし)の　人(ひと)こそ知(し)らね
かわく間(ま)もなし

二条院讃岐(にじょういんのさぬき)

歌意：絕句（支韻）
一一｜｜｜一｜　｜一一｜｜一一
潮來盡淹水中石，我心如石不能移；
一｜｜一一｜｜　｜一｜｜一｜一
珠淚暗彈人不見，淚乾袖在人不知。

作者：二条院讚岐。源三位賴政之女，侍奉於二條天皇任讚岐女官。個人之詩集有「二條院讚岐集」。

93

世(よ)の中(なか)は　常(つね)にもがもな
渚(なぎさ)こぐ　あまの小舟(をぶね)の
綱手(つなで)かなしも

鎌倉右大臣(かまくらのうだいじん)

歌意：漁歌（尤韻）

——｜｜｜——　｜｜——｜｜—

悠悠世態比川流，杳杳人生一葉舟；

｜｜———｜｜　｜—｜｜｜——

海上漁歌多戀意，弄潮踏浪不知愁。

作者：鎌倉右大臣。即源實朝。二十七歲任右大臣。其個人之詩集有「金槐集」。他的詩歌，到了德川時代賀茂眞淵對其有極高的評價。

94

み吉野(よしの)の　山(やま)の秋風(あきかぜ)　さ夜(よ)
ふけて　ふるさと寒(さむ)く
衣(ころも)うつなり

参議雅経(さんぎまさつね)

歌意：秋夜（庚韻）

｜——｜｜——　｜｜——｜｜—

故園秋思若爲情，向晚歸鴉急旅程；

｜｜———｜｜　｜—｜｜｜——

吉野山前尋舊夢，夜來一片擣衣聲。

作者：参議雅経。即藤原雅經。承後鳥羽院（99之作者）之命，與定家（97之作者）等合撰「新古今集」。個人之詩集有「明日香井集」。

95

おほけなく　うき世(よ)の民(たみ)に
おほふかな　わがたつ杣(そま)に
墨染(すみぞめ)の袖(そで)

前大僧正慈円(さきのだいそうじょうじえん)

歌意：祈願（蒸韻）

——————————

一念菩提習大乘，衆生普渡失嫌憎；

——————————

願將寛袖覆天下，比叡山中一老僧。

作者：前大僧正慈円。十四歳出家，道號「道快」，後改爲「慈圓」。亦稱爲「吉水和尚」。所著「愚管抄」乃日本最初之史論。

96

花(はな)さそふ　嵐(あらし)の庭(には)の　雪(ゆき)
ならで　ふりゆくものは
わが身(み)なりけり

入道前太政大臣(にゅうどうさきのだいじょうだいじん)

歌意：衰落花吟（麻韻）

——————————

夜來風雨落櫻花，地覆紅氍又白紗；

——————————

花謝花開人自老，華年虚度不勝嗟。

作者：入道前太政大臣。即藤原公經。他在政治上十分有勢力。寛喜三年因病出家，法號「覺空」。

97

来ぬ人を　まつほの浦の
夕なぎに　焼くや藻塩の
身もこがれつつ

権中納言定家

歌意：寄遠（微韻）

ーーー｜｜ーー　ー｜ーーー｜ー
松帆灣上晚風淒，多少人歸郎未歸；
ー｜｜ーー｜｜　ーー｜｜｜ーー
腸所釜中翻綠藻，天涯紅淚暗沾衣。

作者：権中納言定家。即藤原定家。與紀貫之（35之作者）被並稱爲「歌聖」。他所著的歌書有「明月記」及「近代秀歌」等。

98

風そよぐ　ならの小川の
夕暮れは　みそぎぞ夏の
しるしなりける

従二位家隆

歌意：奈良溪（尤韻）

ー｜ーー｜｜ー　ーーー｜｜ーー
楢綠輕風近早秋，猶餘殘夏夕陽流；
｜ーー｜｜ー｜　｜｜｜ーー｜ー
奈良溪畔水清淺，濯足濯纓何所求。

作者：従二位家隆。即藤原家隆。與定家等合撰「新古今集」。由於他生在壬生且官拜従二位，亦被稱之爲「壬生二位」。嘉禎二年出家，道號「佛性」。

99

人(ひと)も惜(を)し　人(ひと)も恨(うら)めし　あ
ぢきなく　世(よ)を思(おも)ふゆゑ
に　もの思(おも)ふ身(み)は

後鳥羽院(ごとばいん)

歌意：世情（微韻）

一一｜｜｜一一　｜｜一一｜｜一
紛紛世道歎衰微，萬事人間孰是非；
｜｜一一一｜｜　｜一一｜｜一一
逆耳良言無好惡，可憐人自鬪心機。

作者：後鳥羽院。第八十二代天皇。高倉天皇之皇子。諱「尊成」。母親爲七條院。多才多藝會彈琵琶、蹋球但卻以詩歌聞名。其著作有「御鳥羽院御集」及歌論「後鳥羽院御口傳」。

100

ももしきや　古(ふる)き軒端(のきば)の
しのぶにも　なほあまり
ある　昔(むかし)なりけり

順徳院(じゅんとくいん)

歌意：舊苑（陽韻）

一一一｜｜一一　一｜一一｜｜一
英雄時勢傲侯王，樓閣分將日月光；
｜｜一一一｜｜　｜一一｜｜一一
院落無人蘆草滿，夕陽猶想望宮牆。

作者：順德院。第八十四代天皇。精通歌學，所撰「八雲御抄」乃歌學史上的重要文獻。此外並著有「順德院御百首」，「順德院御集」（紫禁和歌草）。

附錄㈠

小倉百人一首和歌用詞說明

小倉百人一首和歌用詞說明（阿拉伯數字代表和歌之序號）

1. あらみ：形容詞「あらい」的語幹「あら」＋接尾語「み」＝あらいので，表狀態、樣子、程度。

2. に：完了助動詞「ぬ」的連用形。

てふ＝という

つつ：助詞。表動作繼續、反復。

3. かも：疑問助詞「か」＋感動助詞「も」。

4. に：さり的古語。表出發點或經過點。

うち：接頭語。用以加強語氣。

5. ぞ：副助詞。表加強語氣、強調。

6. ふり：接頭語。表頭部動作。

さけ：「さく」的連用形，表分離。

し：過去助動詞「き」的連體形。

8. いほ＝「いほり」。小平房。

都：指平安京。

9. に：完了助動詞「ぬ」的連用形。

な：詠嘆助詞。

10. これやこの＝「これがすなわち」、「これがまあ」。表詠嘆。

11. わた：海。

12. 天つ風：天上的風。在此「つ」具有「の」的意味。

13. ぬる：完了助動詞「ぬ」的連體形。

14. なら：斷定助動詞「なり」的未然形。
なく：否定助動詞。

15. が＝の

16. たち別れ：接頭語「たち」＋「別れ」＝別れて。
こむ＝来よう。「む」爲推量助動詞。

17. ちはやぶる＝いちはやぶる。原指凶神後來用於泛指一般的神明。

18. らむ：推量助動詞表願望。

19. てよ：完了助動詞「つ」的命令形。
とや：格助詞「と」＋疑問助詞「や」。

20. わびぬれば：「侘び」＋完了助動詞「ぬ」的已然形「ぬれ」＋表假定的接續助詞「ば」。
はた＝また、やはり。

21. 今＝すぐ
なが月：也稱「夜長月」。指農曆九月。
22. 吹からに＝吹くとすぐに。吹くに従って。
しをるれば：「枯る」的已然形＋助詞「ば」。
むべ＝「うべ」副詞。原來如此，果眞。
23. あらねど＝ないけれども。「ね」爲否定助動詞「ず」的已然形。
25. よし：方法、手段。
がな：願望助詞「が」＋詠嘆助詞「な」。
26. なむ：向對方懇求之助詞。在此不作助動詞用。
28. 冬ぞさびしさまさりける：凄寂的冬天。「ぞ」副助詞用於強調「冬天」。「ける」是詠嘆助詞「けり」的連體形。
人めも草もかれぬ：「人め」是指「人の目」。「かれ」是「枯る」的已然形，在本首和歌中是雙關語，指「人」、「草」都遠離、消失了。「ぬ」是完了助動詞。
29. 折らばや折らむ＝折らは折らんや。「や」是疑問助詞。「む」是意志助詞。
30. 有明：有明月（黎明時殘留在天空的月亮）。
つれなく：思いやりなく。不體貼、冷淡、無情。

わかれ：指男子晚上前往女子住處，天亮便離去的走婚習俗。
31. 降れる：降り積っている。
「る」爲完了助動詞「り」的連體形。
32. 山かは＝山川
ぬ：否定助詞「ず」的連體形。
なりけり：斷定助動詞「なり」＋詠嘆助動詞「けり」。
34. せむ＝よう
36. しく＝しきる。頻繁。
38. わすらるる身：わすれられる身。
39. などか＝なぜか
41. こそ：係助詞。加強語氣用。
しか：過去助動詞「き」的已然形。
42. は：係助詞：用於加強語氣。
45. あはれ＝哀われ
おもほえで＝おもわないで。意想不到。
47. ね：否定助動詞「ず」的已然形。

50. 君（きみ）：對方爲女性時之稱謂。
54. じ：否定的推量助動詞。
44. けれ：助動詞「けり」的已然形。
57. し：過去助動詞。
や：疑問助詞。
58. いで＝「さあ」。感動詞。
そよ＝それよ、そうですよ。感動詞。
59. こ：接頭語，表將近、差不多。
73. も：詠嘆助詞。
76. 久方：指天空遠處，用以作「雲」的引詞。
まがふ＝まぎれる。看不淸楚。
つ：具有「の」的意思。
77. 末に：未來，將來。
82. さても＝それでも
83. よ：詠嘆助詞。
なかけ：「なし」的已然形。

84. さ：助詞，兼具疑問及詠嘆之意。
さへ＝までも
86. やは：反問語，會不會……？
する：使役助動詞「す」的連體形。
87. ひぬ：「ひ」為上一段活用動詞「ひる」的未然形＋否定助動詞「ず」的連體形。
90. せ：使役助動詞「す」的未然形。
ば：接續助詞。如果……的話。
や：助詞。表願望。
な：詠嘆助詞。
91. や：詠嘆助詞。
かも：疑問助詞「か」＋詠嘆助詞「も」。
さむしろ：接頭語「さ」＋「筵」。形容冰冷的蓆子。
92. ぬ：否定助動詞「ず」的連體形。
ね：否定助動詞「ず」的已然形，與句中的係助詞「こそ」相呼應。表示儘管……卻……。
93. がもな：「が」接續助詞。「も」是表肯定的係助詞。「な」為詠嘆助詞。
94. さよふけて：接頭語「さ」＋「夜」＋「ふけて」。如此的深夜。

96．けり：詠嘆助動詞。
99．をし：疼愛。いとしい。
100．や：詠嘆助詞。
けり：詠嘆助動詞。

附錄(二)

小倉百人一首和歌中譯詩用詞說明

小倉百人一首和歌中譯詩用詞説明（阿拉伯數字代表漢譯詩之序號）

1. 湛湛（ㄓㄢˋㄓㄢˋ）：露水濃盛的樣子。

2. 碧羅：碧爲青綠色美玉；羅是精細薄滑的絲織品。碧羅形容蔚藍的天空。
香具山：位於藤原京東方，與畝傍山、耳成山併稱爲「大和三山」。

3. 夜未央：夜未深。
底事：何事。

4. 田子浦：位於富士川口的東方。

5. 呦呦（ㄧㄡㄧㄡ）：鹿鳴聲。

6. 漏：指計時之沙漏。

7. 明州：中國浙江省寧波市。
祖餞：餞行。
瓊筵：美宴。

8. 岧嶢（ㄊㄧㄠˊㄧㄠˊ）：山勢高的樣子。
廬：小屋；草棚。

9. 梅霖：三天以上的久雨。
賒：漫長。

10. 逢坂關：由山城國前往近江國途中的關口。

11. 回天：挽回天意。指仁明天皇原欲處死參議篁，後改變心意，予以放逐，使其存活。〈唐書・張玄素傳〉：『魏徵歎曰：張公論事，有回天之力。』

隱岐：隱岐國爲仁明天皇當時流放罪犯之小島。

廖闊：寂寞。

12. 鬪：競賽；媲美。

嬋娟：月亮。引喻美女。

封姨：封爲妾室。

13. 筑波山：地屬茨城縣，位於關東平野的東北方。

積愫：積藏在心裏的話。

14. 繡閨：繡房；繡閣。

16. 因幡：因幡國。

違：分離；離別。

遜：退休、退隱、遜位。

稻羽：稻羽山。又稱「宇治山」，位於因幡國境內。

18. 過從：相互往來。

旖旎（ㄧˇ ㄋㄧˇ）：柔美的樣子。

19\. 參差（ㄘㄣ ㄘ）：長短不一；不整齊。

須臾（ㄒㄩ ㄩˊ）：片刻；一會兒。

20\. 何如：不如。

不恤：不顧慮。

21\. 相偕：白頭偕老。

23\. 如何：無可奈何。

却：偏偏。

24\. 錦幣：楓葉的美稱。

青錢：謂錢也。〈蘇軾・山村詩〉：『過眼青錢轉手空。』按清乾隆間所鑄之錢，其成分爲每百斤紅銅五十，鉛四十八，點銅錫二，其色青，亦名青錢。

粲然：笑的樣子。

25\. 桂：用以比喻美男。

包荒：謂度量寬大能包容荒穢之物。〈易泰卦〉：『九二包荒用馮河。』

逢坂山：山城國與近江國兩國間的天然國界。

26\. 小倉山：位於京都西方，因山中紅葉而馳名。

27. 瓶原：京都府相樂郡瓶原村。
三生：「前生」、「今生」、「來生」。
28. 賒：提不起興致。
31. 吉野：吉野山；因山中櫻花而負盛名。
32. 色般：種種的心境和表情。
34. 龍鍾：年老體衰。
高砂：地名。位於播磨國加古郡（兵庫縣高砂市），當地盛產松樹，「高砂之松」爲長壽之表徵。
35. 失彈冠：少了彈冠相慶的友人。彈係拂之使潔。〈屈原‧漁父〉：『新沐（蒙受恩惠）者必彈冠。』〈漢書王吉傳〉：『吉與貢禹爲友，時稱王陽在位，貢公彈冠。』
36. 姮娥：嫦娥。
37. 紅絲：紅線；指男女婚事。
40. 白：曝光、公開。
却原：反倒是。
41. 緣何；是何緣由。
43. 從知：縱知；雖知。

44. 堂堂：容貌端正莊嚴。
47. 蒿萊：蒿爲一年生或多年生草木，葉莖可食。萊爲藜草或雜草。
49. 五內：五藏（心、肝、脾、肺、腎）。
50. 繾綣（ㄑㄢˇㄑㄩㄢˇ）：纏綿。
51. 伊吹山：位於栃木縣的下野。
52. 却密：保守祕密。
朝暾：晨曦；日始出。
55. 踟躕（ㄔˊㄔㄨˊ）：徘徊不前；同「踟躇」。
60. 慈闈：慈，母親之稱謂。闈，君主、后妃及父母所居曰闈。
62. 賺關：施詐：使守關者打開關門。
函谷：函谷關。戰國時秦置，在今河南省靈寶縣西南。秦法：「日入則閉，鷄鳴則開。」〈史記・列傳〉：『齊湣王使孟嘗君入秦，秦昭王囚孟嘗君，謀欲殺之。孟嘗君使人抵昭王幸姬求解，昭王釋孟嘗君。孟嘗君得出，即馳去，更封傳，變姓名以出關。夜半至函谷關。秦昭王後悔出孟嘗君，求之已去，即使人馳傳逐之。孟嘗君至關。關法鷄鳴而出客，孟嘗君恐追至，客之居下坐者有能爲鷄鳴，而雞齊鳴，遂發傳出。出如食頃，秦追果至關，已後孟嘗君出，乃還。』

64. 檻：欄杆。
竹箔：竹製的捕魚器。
65. 物議：衆論。
輕佻：言行不莊重。
67. 誶語：誶音ㄙㄨㄟˋ，質問。
69. 蕭索：冷清貌。
70. 山門：寺廟的大門。
物我渾無那：使我糊塗無奈。
71. 處士：士之未仕者。
崔巍：高大貌。〈東方朔・七諫〉：『高山崔巍兮。』
負手：將手反之於背後。〈禮、檀、弓〉：『孔子蚤作，負手曳杖消遙於門。』
72. 高師：地名，位於大阪府。
73. 高砂：在此係指遠處之山峯。
74. 爭：怎麼；如何。
劉郎：指去而復來之人。〈劉禹錫詩〉：『種桃道士歸何處，前度劉郎今又來。』劉郎是指東漢永平年的劉晨，他和阮肇在天台山遇仙，不知所終，後來相傳二人重在天台山出現。

沙吒利：小尼姑。又稱「沙彌尼」。
初瀨：初瀨山；位於奈良縣磯城郡。

75. 晞：晨曦。
說項：替別人說好話。

77. 連理：兩棵樹合在一起；喻夫婦相愛。

78. 淡路島：位於德島縣。
須磨：西國街道的驛站，爲重要的關口。

79. 靉靆（ㄞ ㄉㄞˋ）：厚厚的雲層。
玉盤：月亮。

81. 驀：忽然。
無那：無可奈何；無奈。

84. 攖（ㄧㄥ）：有所繫著也。

85. 綺羅香（ㄑㄧˇ ㄌㄨㄛˊ ㄒㄧㄤ）：綺，織有文采之細菱。羅，疏而薄，輕而輭之絲織品。綺羅飄逸生香。

90. 紅淚：婦人之淚。〈胡掫詩〉：『雙雙紅淚墮，度日暗中啼。』

91. 螽斯：「螽」音（ㄓㄨㄥ），是蝗類昆蟲。螽斯羽以其長飛翅作聲。
唧唧：蟲鳴聲。

衾：衣領；同「衿」字。

93. 悠悠：空闊無際貌。〈陳子昂登幽州臺歌〉：『念天地之悠悠獨愴然而淚下。』

杳杳：曠遠沈默貌。〈張衡思去賦〉：『日杳杳而西匿。』

94. 吉野山：位於大和國境內。

擣衣：「擣」音ㄉㄠˇ，俗作「搗」字。以木槌在洗衣板上舂打衣物。

95. 菩提：覺悟。

大乘：佛法之類別；另一類爲「小乘」。

96. 紅氈：紅氈；喻落在地上的櫻花。

白紗：喻地上的白雪。

97. 松帆：地名；位於淡路島。「松」字的日文發音與「待」（等待）字相同，可作雙關語。

98. 楢：樹名。「楢」字的日文發音與「奈良」地名相同，作雙關語用。

濯足濯纓：洗腳和洗帽子的垂帶。〈孟子・離婁篇〉：『孔子曰：淸斯濯纓，濁斯濯足矣。』

附錄㈢

七言絕句基本格式

說明：

①「—」符號代表平聲；「|」符號代表仄聲。劃圈者表示可平仄通用。

②「一、三、五不論，二、四、六分明」。即各句第一、三、五字，平仄聲不予嚴格限制；第二、四、六字，原則上依格式用字。

③在七言「||——||—」的聲調中，第三字宜用平聲，不可隨意改仄聲。

平起格(一)

⊖—⦶||——（韻）
⦶|——||—（韻）
⦶|⊖——||
⊖—⦶||——（韻）

仄起格(一)

⦶|——||—（韻）
⊖—⦶||——（韻）
⊖—⦶|——|
⦶|——||—（韻）

平起格(二)（第一句不押韻）

⊖—⦶|——|
⦶|——||—（韻）
⦶|⊖——||
⊖—⦶||——（韻）

仄起格(二)（第一句不押韻）

⦶|⊖——||
⊖—⦶||——（韻）
⊖—⦶|——|
⦶|——||—（韻）

再版推薦跋

縱觀臺灣書肆，日本「小倉百人一首」之中文全譯，目前有三種可購而得之。相較於其它後起之秀，何先生率先在形式、內容二方面兼採譯文中心主義之作風獨特，初次吸引筆者目光，曲指一算，竟已歷廿星霜。

雖未能當面拜候譯壇前輩，但臺、日兩大報（聯合、朝日）資料顯示，何先生擁有非凡之學經歷：陸軍官校、三軍大學日語班畢業後，進入行政院所屬機關擔任主管，一九八五年二月赴日進修考察，同年五月，其「百人一首之漢詩譯」經由「天聲人語」披露，獲得矚目。其後，出任新聞局駐東京辦事處秘書。可見作爲我國駐日官員，何先生乃是一位名副其實之知日專家。

擁有如此亮眼閱歷，外加孫文『三民主義』日譯者之經驗，若欲以原文中心主義呈現漢譯「小倉百首」，於何先生應可勝任愉快；然而何譯之意更在服務漢文讀者，故所奉行者可謂之漢詩譯中心主義。諦視鴻儒堂新版封面書名——「日本小倉百人一首和歌」以黑字、「中譯詩」以紅字印出之方式，似乎亦反映欲將原文與譯文作出區別之原始意圖。

檢視何譯，一般讀者或許不易發現其中運用著一種「翻案」技法。以第八十三首「世の中よ道こそなけれ思ひ入る山の奥にも鹿ぞ鳴くなる」爲例：

難覓桃源可避秦，不嫌遁世爲逃名；
深山寂寂無來往，偶爾呦呦有鹿鳴。

和歌原無地名，何譯卻運用陶淵明「桃花源記」之典故完成其首句。譯者煞費苦心，其用意安在？

實有必要聚焦問題之核心加以考察。

關於何譯之成立背景，初版『日本小倉百人一首和歌之評介』（一九八〇、中日文化經濟協會）、新版『日本小倉百人一首和歌中譯詩』（二〇〇七、鴻儒堂）皆未敘明地十分詳盡。其實，何先生接受「天聲人語」（「朝日新聞」一九八五年五月二十五日）主筆訪談之際，曾透露二年翻譯過程之甘苦：

> **若借助日本參考書進行翻譯，即可察覺「百人一首」之作者，其境地與中國詩人相似。謳歌戀愛之際，亦寄託自然或氣候變化而留下餘韻，此種手法令人想起蘇東坡之詩作，回顧此一工作，儘管棘手卻感愉快。**

何先生言及日本歌人之「境地」與中國詩人相仿，又點出蘇軾之處，似乎特別值得後學者注意。如欲追求境地，Katharina Reiss即曾於一九七〇年代提出相關主張：「效力型文本之譯文，必須由讀者導出恰當之反應。使用「翻案（adaptive）」之翻譯方法，爲譯文讀者創造等價效果。」

若依循西洋翻譯理論，何譯可視爲運用「翻案」技法，將原和歌之境地藉由漢詩重新構築至性質相同之世界。伊井春樹亦曾指出：「明治時代透過「大膽翻案」生產出「翻譯作品」，但現在係以忠於原作爲前提。」同爲「翻案」，伊井認爲落伍之見，與Reiss「翻案」之觀點，意見呈現對立。何先生所謂「和歌、漢詩二者境地相似」之看法，由於與Reiss「等價效果」之目標方向相通，由此可推知，何譯應係對西洋翻譯理論有所共鳴而埋首揮動譯筆！

何譯所模索之「等價效果」，不僅止於「境地」，更講究遣詞用字而將其共時性列入考慮。若仔細分析第八十三首，其與『蘇軾文集』間存在之密切關係將紛紛浮現。

起句：「桃源」一詞（轉句「來往」亦然）係由蘇軾「題西湖詩卷」之描寫「更見漁舟來往，令人疑入武陵桃源」吸納而來。「可避」則從蘇「奏乞增廣貢舉出題箚子」之一句「更無可避」取用。此外，『百人一首改觀抄』等日本古注中，已有討論「世の中無道」之說。相對於歌人所面臨之政局「無道」，蘇「刻秦篆記」中亦有一句「秦雖無道」。何譯乃藉此從「無道」獲得「秦」字，（同時爲前述蘇之「桃源」所觸發）進而發現可供運用之故事典例——逃離秦境之「桃花源記」。

承句：「不嫌」一詞，係由蘇「書潤州道上詩」之詩句「只有殘燈不嫌客，孤舟一夜許相依」其中句法移入。「遁世」從蘇「放鶴亭記」之「山林遁世之士」取得素材。「逃名」則從蘇「答黃魯直五首」之一句「將逃名而不可得」移植而來。

轉句：「深山」一詞，係由蘇「自記廬山詩」之詩句「可怪深山裏，人人識故侯」攝取而來。「寂寂」則化用自蘇「法雲寺鐘銘」之銘文「當知所聞者，鳴寂寂時鳴。」

結句：「偶爾」，係利用蘇「救月圖贊」之「偶爾遊戲，遂成奇筆」而來。「鹿鳴」則由蘇「謝諸秀才啓」之中「鹿鳴食野，方主禮之粗陳」導入。又爲組成對句，於轉句「無」後接續結句之「有」，同時爲與轉句之重言「寂寂」取得對應，更溯及『詩經』原典「呦呦鹿鳴，食野之苹」從中萃取疊字「呦呦」進而嵌入結句。

翻閱中國年表可知，蘇東坡乃北宋文豪，「小倉百人一首」之撰者藤原定家乃活躍於南宋之歌人。何譯第八十三首，直接以宋代文人口吻漢譯宋代和歌珠玉集，欲以同時代語彙翻譯同時代外國作品，何譯追求共時性「等價效果」所花費之苦心，可想而知。詩歌境地、時代口吻相互輝映，博得「何先生那般嘗試，有趣！」（「天聲人語」）之評價，良有以也。

若從國際視野檢討何譯所採用之同時代「等價效果」譯法，仍有一項先行脈絡值得留意。和歌漢譯名家錢稻孫之「日本古典萬葉集選譯序」主張：「以擬古之句調，庶見原文之時代與風格。」由此可見，其以「古代句調」爲基礎、取舍翻譯詞彙之方法。舉其一首和歌漢譯爲例，已有吳衛峰論文道破其「試圖以中國上古文辭，對應日本上古文學之心態」。承攬日本文學黎明期和歌集譯業之際，錢譯銓衡文學史上詩歌之定位，取用中國黎明期漢詩集以作爲用字選詞上之對應；何譯則充分導入宋代文豪蘇軾之措辭、典故，重新著眼於『小倉百人一首中譯詩』，展現其別出心裁之創意。

若單純依照原文尊重主義批判第八十三首，則其出現「無道」之「秦」復直言「桃源」，不外乎「加入私意」之「改作」。原歌成立之十二世紀日本政局與「無道」之「秦」等量齊觀，並且試圖逃離人世，如此解釋，不可不謂誇大其辭。但另方面，若從譯文尊重主義重新審視，則詩境、同朝代遺辭措意已雙雙爲原文之等價效果作出保證，如此一來，事已足矣。

和歌之脈動，於臺灣一地，並不隨日本戰敗而完全停歇。孤蓬萬里主宰之短歌結社延續「小倉百首」定數歌傳統，推陳出新，遂於東京出版「臺灣萬葉百人一首」；設有主修日語科系之大學，亦不遑多讓，與「小倉百人一首」紙牌關係毋寧更深，或東吳於北部仿日本紙牌自製中國式紙牌、或大仁於南部舉辦競速搜尋目標紙牌競賽。（外加輔仁力推和歌創作發表會，新生代學子透過電腦簡報、戲劇表演等方式重新詮釋其盎然詩意，令人耳目一新。）五七五七七之魅力，至此已逐漸爲國人所知曉。

如欲參加上述多元活動，實有必要徹底瞭解「小倉百首」之奧義，欣聞何譯本需求日殷，應讀者要求再版即將上市，略綴數語，是爲跋。

賴衍宏　于銘傳大學　二〇一三年

譯者簡介：

何季仲

浙江省象山縣人，一九四四年出生。

學歷：淡江文理學院東方語文系日文組畢業。

經歷：亞東關係協會駐東京辦事處一等新聞秘書。

行政院新聞局綜合計畫處副處長。

中華民國駐巴拉圭大使館新聞參事。

國家圖書館出版品預行編目資料

日本小倉百人一首和歌中譯詩 / 何季仲譯. —
初版. — 臺北市 : 鴻儒堂, 民96
面 ; 公分
ISBN 978-957-8357-86-0(平裝)

861.5147　　　96004145

日本小倉百人一首和歌中譯詩

定價：180元

2007年（民 96年） 3月初版一刷
2013年（民102年） 11月修訂版一刷
本出版社經行政院新聞局核准登記
登記證字號：局版臺業字1292號

譯　　者：何　季　仲
發 行 所：鴻儒堂出版社
發 行 人：黃　成　業
門市地址：台北市中正區漢口街一段35號3樓
電　　話：02-2311-3810／傳　　真：02-2331-7986
管 理 部：台北市中正區懷寧街8巷7號
電　　話：02-2311-3823／傳　　真：02-2361-2334
郵政劃撥：01553001
E-mail：hjt903@ms25.hinet.net